"LA ESCALERA" Y OTROS MICRORRELATOS

"LA ESCALERA" Y OTROS MICRORRELATOS

"LA ESCALERA"
Y OTROS MICRORRELATOS

Diego Palacios Marxuach

Diseño de cubierta: Jorge León Pérez
Ilustrador: Javier Jubera García

A todos los que van a devorar con ansia este libro,
los que lo usarán para ir al baño,
o los que lo usen como objeto decorativo,
liberando y enmarcando las (preciosas) cubiertas,
ignorando el texto del interior.
A todos los que han hecho posible este milagro.
A todos los que desinteresadamente, robando tiempo de
otros trabajos, proyectos o momentos de ocio, han
participado en esta idea.
A Kb, por el prólogo y por su interés.
A Jorge y Javi, por envolver con una obra de arte estas
páginas.
A Fernando, del Tragaluz, por soportarme más de lo que
quisiera (y lo que le queda).
A Rafael Corres, mi profesor de lengua y literatura, por
inducirme, sin ser él mismo consciente, el gusto por la
escritura.
A mis padres, mi hermano y amigos.

"La escalera" y otros microrrelatos

PRÓLOGO

Sáltate esta página...

Llevo dos semanas dándole vueltas a este prólogo. Dos semanas en las que he escrito palabras que se me escapaban solas y he acotado una y otra vez su caudal para afinar y afilar el mensaje. Lo que Diego Palacios nos ha preparado a partir de la página que viene es un cóctel envenenado. Pequeños paisajes emponzoñados por su mundo de lecturas negras y vertiginosas. Creo que Diego ha leído con aprovechamiento. Este libro debería haberlo publicado la editorial en la que colaboro, (es una historia larga que no viene a cuento), pero su camino ha sido distinto; el tiempo y algún sujeto torcido se alió contra él. Mas todo vuelve a su cauce tarde o temprano. Me niego a pensar que se le puede pedir más paciencia —¡qué prosaica es la paciencia!— a un escritor de relatos tan breves.

Este libro me gusta. Me gusta la distancia que el autor marca con el lector. No sé por qué alguien debería fiarse del gusto de otro, en este caso yo, ni que aporto realmente a su lectura. Sin embargo, es un placer acompañar a Diego en esta aventura, aunque sea así, dándole vueltas a las palabras como un trilero de tres al cuarto, fumándome un purito, apurando una cerveza, mirando como llueve sobre la ciudad y viendo, como dicen que se escapan las almas de los cuerpos, el vapor blanco que exhala el asfalto caliente. Sáltate esta página, lo bueno está a la vuelta de la esquina...

Enrique Cabezón García
Logroño, 13 de abril de 2008

"A veces"

A veces es necesario que alguien te encauce. Que te diga que has perdido el rumbo y te muestre el camino. Que te oriente y te guíe al igual que, de niño, tus padres te llevaban de la mano. A veces sí, es necesario. Pero sólo a veces porque, si bien es cierto que lo hacen con la mejor intención, otras veces son ellos, TODOS ELLOS, los que han perdido el norte y pretenden hacerte ver que el "sin rumbo" eres tú. Es entonces cuando no te queda más remedio: ELLOS lo han querido. No hubiera importado si te hubieran aconsejado ocasionalmente. Pero no es así. Últimamente los "a veces" se han transformado en "a todas horas" y no te dejan ni un respiro.

Así que, prácticamente te han obligado. No hay otra opción: sacas el revólver y los silencias uno a uno hasta que los oyes callar.

Y así, por fin, estáis a solas tú, el silencio y el arma.

<u>"Compensación"</u>

-Piensa bien lo que vas a hacer. No hagas nada de lo que te vayas a arrepentir justo después de hacerlo. Piénsalo. Sólo te llevará diez segundos. Menos si eres listo. ¿Te compensa? ¿Realmente te compensa dar con tus huesos en la cárcel y pudrirte en una celda toda tu vida, a cambio de unos instantes de venganza e ira satisfecha? Anda, piénsalo.

-¿Sabes? Lo he pensado. Lo he pensado ocho segundos y, teniendo en cuenta el estado de la justicia en este país… Creo que sí.

En ese momento sentí el abrazo, el ardor y la abrasadora punzada del hiriente filo de una navaja atravesando mi estómago, y sus ojos clavados en los míos.
-Me compensa.

- 12 -

"LA ESCALERA" Y OTROS MICRORRELATOS

<u>"Aquello"</u> - 13 -

Amanece. Lo sé porque el sol se filtra por las estrechas rendijas de mi maltrecha persiana. Es la mejor parte del día. La que me hace creer que es un día normal, un día como "los de antes".
Me levanto de la cama, me visto y salgo a la calle como ayer y anteayer. Como hace una semana y como hace no recuerdo ya cuantos. Todo está vacío. Ni un alma, ni un ser vivo… Y así desde hace mucho. Desde que ocurrió "aquello".
Desde entonces, salgo a buscar… "algo".

- 14 -

"LA ESCALERA" Y OTROS MICRORRELATOS

<u>"Sin título"</u>

Es tarde. Llego a casa tras una dura jornada de trabajo. No enciendo la luz, no la necesito. Dejo las llaves en la entrada y me meto en la cama. No tengo hambre, cosa realmente extraña en mi. Noto ráfagas de aire singularmente calientes soplar contra mi mejilla, acariciándola… -juraría que la ventana estaba cerrada-
…
Caigo en un profundo sueño. Por la mañana no recuerdo nada, pero me levanto con un enorme dolor en el cuello, terriblemente agotada y casi sin fuerzas.

"La cueva"

Ahora me río. Sí, me río. ¿Qué otra cosa puedo hacer? He intentado por todos los medios escapar, pero es imposible. Me rindo. Tan sólo puedo reír o volverme loco, lo cual sospecho que es parecido. Ni siquiera me queda el suicidio, única opción razonable en este caso.

Fuera de esta cueva, el mismo espectáculo se repite día tras día desde hace unos cinco meses aproximadamente, (tal vez más, quién sabe, es tan difícil llevar la cuenta del paso de los días aquí): una extraña raza de monos permanece junto a las ruinas de la Cibeles y adora un enigmático monolito, mientras nosotros, pobres humanos, permanecemos cautivos.

<u>"Pesadillas"</u>

Siempre he dormido bien. De un tirón. Siempre me he levantado fresco, descansado y con ganas de alimentarme.
Nunca he tenido pesadillas. Es más: no recuerdo haber soñado en toda mi vida. Si, sé que todos soñamos, pero nunca he recordado uno sólo de mis sueños… Hasta hace poco. Esto ha cambiado: sueño. O, mejor dicho, tengo pesadillas. En ellas varios hombres se acercan a mi ataud y me acribillan con estacas todo el cuerpo. Y son unas visiones tan reales, tan claras… que he decidido buscar otro lugar en el que dormir.

- 20 -

<h2 style="text-align:center"><u>"Ahora"</u></h2>

Ahora, que estamos cara a cara y veo el odio acumulado en tus ojos igual que veía la resignación y sumisión con que recibías mis patadas y golpes con el bate…

Ahora, que noto de cerca tu aliento y parece que has hecho balance de todas las cicatrices que te he infligido…

Ahora, que me has perdido el respeto y te has liberado del miedo y estás decidido a lanzarte a mi yugular…

Ahora he decidido colgarte por el cuello de la rama el árbol más cercano y ver cómo mueres, perrito.

<u>"La defensa"</u>

No sé escribir. No me malinterpreten: por supuesto que sé escribir, pero no estoy dotado para dar forma coherente a una narración. El típico esquema planteamiento-nudo-desenlace es algo para lo que no he sido bendecido. Lo he intentado varias veces, animado por mi fiel amigo y compañero el doctor, pero incluso él mismo acabó reconociendo (con una inusual falta de tacto, too sea dicho) mi notoria falta de talento para la escritura. Por eso seré breve.

No me hallaría escribiendo estas líneas si no hubiera visto sobresalir el secreter unos papeles con la inconfundible letra de mi buen John. Y, pese a que no está en mi naturaleza el fisgar más de lo debido y sólo cuando para ello se me requiere, no pude evitar su lectura. En esos papeles manuscritos se me tacha de arrogante, pedante, pésimo violinista, pero apicultor y drogadicto. ¡Drogadicto yo, que sólo tomo cocaína al siete por ciento! No deja de tener su gracia que sea él, un matasanos, quien me acuse.

En cuanto a lo de mal violinista… Estoy empezando y todos los comienzos son difíciles, máxime con un instrumento tan complejo como el violín. Seguramente John, de interesarse por la música, optaría por algo sencillo: una flauta, unos platillos,…

¿Peor apicultor? Tal vez sea lo único en lo que tenga razón. He desatendido mucho a mis pequeñas obreras, pero es bien cierto que ellas solas saben perfectamente qué hacer sin la ayuda de una mente privilegiada como la mía.

Por último, amables lectores (si es que llegan a leerme antes de que me arrepienta de expresar por escrito estos pensamientos) ni soy pedante ni me pierde la arrogancia. Estos términos son a menudo confundidos con la sabiduría, inteligencia y seguridad en uno mismo y tal confusión es provocada, sin duda, por la envidia, pues es envidia lo que el doctor tiene de mis éxitos profesionales. Es envidia lo que siente cuando la señorita Adler sube el té a mi habitación y me brinda su sonrisa ;envidia cuando Lestrade (y toda Scotland Yard) acude a mi al ser incapaces de resolver algún misterio que es, a todas luces lógico; y envidia siempre que llaman a la puerta y es a mí y no a él-la gran parte de las veces- a quien buscan,…

Envidia y resentimiento.

Es tan … elemental.

Así pues no hagan caso de las habladurías de mi amigo. No le tomen en serio, y sepan perdonarle.

S. Holmes.

(Encontrado entre la basura del 22 de Baker Street)

"La escalera" y otros microrrelatos

"Yo"

Yo, que ordené el código rojo. Yo, que quería una misión y por mis pecados me dieron una. Yo, que creo en América y tengo cerca a mis amigos, pero más cerca aún a mis enemigos. Yo, que desde que tuve uso de razón quise ser un gangster. Yo, que asistí al nacimiento de una nación y era intocable. Yo, que me alejé de ella porque solo con verla me agotaba; que rogué a Sam que no la tocara; que dejé mi mundo lleno de estatuas rotas, todas con su rostro. Yo, que navegué océanos de tiempo, que ideé millones de mcguffins…

Yo, que soy la completa falta de sorpresa de Jack, que presté un taxi a Travis, un Mágnum 44 a Harry y una alfombra al Nota; yo que nunca bebo vino pues la sangre es la vida y desayuno hamburguesas –la piedra angular de todo nutritivo desayuno- . Yo, que necesito tu ropa, tus botas y tu motocicleta. Yo, que era el rey del mundo y la hundí en la miseria; que prometí mostrarle los Rayos-C brillando en la oscuridad y sólo consiguió olor a napalm por la mañana. Yo, a quien ella conoció en un momento extraño de mi vida; que no me siento cómodo en la indecisión, que no estoy loco, sino mentalmente divergente. Yo, que soy tu padre y he bailado con el diablo a la luz de la luna… Yo, que soy un ser complejo, mitad hombre y mitad ángel, medio vivo y medio muerto. Yo, que duermo tranquilo porque siempre tengo suerte matando, porque mi enemigo vela por mí, porque sólo puede quedar uno y ella merece venganza y yo morir. Yo creo justo que el viejo muera y la joven viva. Yo revelo ahora mi secreto: … Rosebud.

"La escalera" y otros microrrelatos

"El doctor"

-Doctor, hace tiempo que, por las noches me despierto empapado en sudor y sangre. ¿Es grave?

-No. A mi también me pasa-contestó sin siquiera levantar la vista del periódico.

"LA ESCALERA" Y OTROS MICRORRELATOS

"Cuando la casa duerme"

Cuando la casa duerme
Y yo intento dormir con ella,
Todo es silencio y todo es calma.
Pero a las tres de la mañana
Un grifo comienza a gotear
Y el viento rompe a soplar
Batiendo con fuerza la persiana.
A las cuatro me levanto
Y, con cautela por el pasillo avanzo,
La espalda pegada a la pared.
A un ritmo lento, pausado ando.
Necesito un descanso.
Todavía a las cinco
A mitad del camino me hallo
Y a las seis al fin
La cocina alcanzo.
A partir da ahí todo
Se torna complicado.
Busco a tientas un arma en el cajón.
Un chuchillo de hoja fina y larga
Y con cuidado vuelvo a la cama.
Sólo entonces duermo.
Tranquilo sueño.
Pasan las horas sin yo saberlo.
Al despertar nada recuerdo
Ni de la noche ni del sueño.
Mis ojos frenéticos bailan
De objeto en objeto
Intentan sin remedio
Encontrar algo cierto,
Algo familiar, conocido, sincero.
Pero no hay suerte
Hasta que, finalmente
Toco algo fuerte:
Es un cuchillo, un tanto oxidado
Y de algo rojo bastante manchado.
Mis manos también
Teñidas se hallan.
Ya sé dónde estoy. Respiro aliviado.
Me calmo, reposo y sonrío tranquilo.

"La escalera" y otros microrrelatos

<u>"Arsenio"</u>

Como cada mañana, Arsenio se levantó temprano. Fue a la ducha y permaneció bajo el agua, el tiempo que le llevó hacerse una paja.

Como cada mañana, desayunó tortas, huevos fritos, zumo de naranja y una taza de café bien cargado.

Como cada día, visitó la báscula y la maldijo entre dientes. No conseguía bajar ni un gramo, pese a la severa dieta que seguía (recomendada por sus superiores).

"No das buena imagen, Arsenio. Hace años sí. Ahora…"

Cierto. La imagen lo es todo, pensó. El mundo había acabado tanto… Todo entra por los ojos, y él, con su aspecto casi ni entraba en sus ropas.

Abandonó sus meditaciones y dedicó otra paja a la hermana Angélica.

Se dirigió a la sacristía y preparó el altar para la misa de 7. Al acabar, esperó paciente a que los "clientes" llegaran, como cada mañana, hasta el día de su muerte.

"Rutger y Rid"

Ayudante de dirección (AD): Acción.

Rutger Hauer (RH): Yo he visto cosas que vosotros no creeríais. Atacar naves en llamas más allá de Orión. He visto Rayos-C brillar en la oscuridad cerca de la puerta de Tannhäuser. Todos esos momentos se perderán en el tiempo, como lágrimas en la lluvia. Es hora de morir.

Ridley Scout (RS): ¡No, no, no! ¡Corten! ¿De dónde cojones has sacado eso, Rutger? ¿Lo ves en el guión, por que yo desde luego no?

RH: He improvisado un poco, Rid. Pensé que quedaría bien.

RS: Lo que has hecho ha sido fumarte algo. Limítate a seguir el puto guión. Nada de llamas en Orión ni rayos C ni puertas de Brandenburgo ni hostias en vinagre. Ah, y no me llames Rid.

AD: Esto… Ridley –alejándole de Rutger- No viene en el guión pero está muy bien.

RS: Lo sé. Me ha gustado. Me ha gustado mucho, pero si le doy cancha a este saltimbanqui va a improvisarme todo el guión y no estamos para sus ocurrencias.

AD….

RS: Venga, listos para rodar. Rutger, ¿serías capaz de repetir esas frases?

RH: Creo que sí.

RS: Pues venga.

AD: Luces, cámara…

- 34 -

"LA ESCALERA" Y OTROS MICRORRELATOS

"Atropello"

Pisó el freno en cuanto notó el impacto. Tardó algo en reaccionar, en bajar del coche. Estaba asustado. ¿Y si había atropellado a un hombre? ¿Qué le esperaba entonces? ¿La cárcel otra vez? ¿Ver crecer a sus hijos cada domingo cuando fueran a visitarle? O peor: ¿Verlos crecer en las fotos que le llevara su mujer? ¿Quién iba a creerle? Fue un accidente. Estaba muy oscuro... Todo esto se le pasó por la cabeza en cuestión de segundos. Sin embargo, se recuperó, sacó la linterna de la guantera y bajó del coche. Hacía frío, y empezaba a nevar. Los faros iluminaban un cuerpo a varios metros del vehículo. Caminó hacia él, apuntándole con la linterna. No parecía una forma humana. Parecía un animal, un perro, un husky siberiano o algo así. Llegó a su altura. Se agachó y lo palpó. No respiraba, tenía los ojos abiertos y la lengua fuera. Se sintió aliviado y apenado. Aliviado porque, al menos no era un ser humano. Apenado porque, al fin y al cabo, era un ser vivo que se cruzó en su camino. Tomó el cuerpo en sus brazos y se dirigió al coche. Casi había llegado a la puerta. Lo que vio le dejó helado. Una manada de lobos le rodeaba impidiéndole acceder al coche. El "husky" que sujetaba en brazos, si realmente era un husky, se revolvió y se lanzó a su cuello. La linterna cayó al suelo...

- 36 -

"LA ESCALERA" Y OTROS MICRORRELATOS

"YO IBA PARA CAMPEÓN DEL MUNDO"

¡Sí, como lo oyes!: yo iba para campeón del mundo. Sí, sí, sí. ¡No pongas esa cara, hombre! ¡Campeón del mundo, ahí es nada! No me crees, ¿eh? Te comprendo. Me miras y no ves más que a un viejo encorvado e inútil que gasta los pocos días que le quedan echando migas de pan a las palomas y malgasta la tarde jugando al mus con el Tibur, Pedrito y Ramiro en el bar de Leo... Menuda estampa, eh. Pero ya ves, la vida tiene estas cosas. Si al menos tuviera nietos... Pero el Señor no me los ha dado, por lo menos no todavía. Aunque si los tuviera no creo que mis hijos pensaran en mí para cuidarlos. No porque no se fiaran, ¡ojo! Seguramente los llevarían a una guardería de esas en las que hasta les dan de comer. ¡Yo que voy a ir a guardería! ¡Qué cosas dices! Y mis hijos tampoco. Los criamos la Mari y yo en casa, como Dios manda, como tiene que ser. ¿Mis hijos? No. Tú todavía no los conoces... Cada uno tiene ya su vida montada y vive a su aire. De vez en cuando nos llaman a mí o a la Mari y se interesan por nosotros. Por mi cumpleaños me regalan una caja de puros y alguna tontería. Eso sí, los puros son de los buenos, eh, unos "Cohiba" que son gloria bendita. Pero la verdad es que verlos verlos, los vemos muy poco. El trabajo les absorbe todo el tiempo. Les absorbe toda la vida. No trabajan para vivir: viven para trabajar. Yo me daría con un canto en los dientes si alguna vez se presentaran en casa por sorpresa, sin avisar. ¡Coño, que sólo nos vemos en Nochebuena y Año Nuevo! ¡Ay, los hijos! ¡Hay que ver cómo pasa el tiempo! Y pensar que hace dos días la Mari les daba el pecho... y ahora ya todos casados, con sus coches, sus casas, sus hipotecas,...
Pero... ¿qué hora es ya? ¡La una y media! Huy, qué tarde. Vámonos, Thor, qué verás qué bronca nos echa la Mari. Ven que te ponga la correa. Pues sí. Como te iba diciendo estuve a esto de hacerme con el campeonato, ya te lo he contado alguna vez, pero en el último momento...

"La escalera" y otros microrrelatos

La boda

Cuando desperté estaba en el coche, en el asiento del copiloto. Conducía Juan. Era lógico que hubiera caído rendida: la boda de Montse y Raúl fue agotadora. Estaba cansada y confusa.

-Hombre,¿ya estás despierta?

- ¿Cuánto he dormido?

- Mmmm... una media hora.

- He tenido un sueño muy raro. Tú salías.

-¿Ah, si? Cuéntamelo.

- Soñé que iba a morir. No sé porqué pero sabía que iba a morir.

- Oh, vaya mierda.

- Sí. Aparecía una figura vestida de negro, con una guadaña sujeta por una mano de huesos, y no se le veía la cara.

- ¡Qué original, cariño! ¿No era una calavera su cara?

- Y gritaba mi nombre. Yo quería correr pero no me movía.

-¿Y qué más?

- Entonces, se bajó la capucha, y apareció tu cara.

... Juan me miró y me mostró una sonrisa terrorífica.

- 40 -

"La casa"

Habíamos ido todos a pasar unos días a la casa que tenemos en el campo. Yo aprovecharía para pintar el garaje y a Sara le haría bien cambiar de aires y haría el pastel de chocolate que tanto nos gustaba a mi y a los niños.

Hacía tiempo que no íbamos y nos costó algo encontrarla entre la niebla. Cuando llegamos, la notamos algo cambiada, pero no le dimos importancia.

Por la noche, después de la cena, reunidos todos al fuego del hogar y medio adormilados nos dimos cuenta de que esa no era nuestra casa y justo en ese instante oímos una llave en la cerradura.

"LA ESCALERA" Y OTROS MICRORRELATOS

- 43 -

"El mismo trabajo"

Estoy harto de esto. Todos los días el mismo trabajo: cavar, encajar el ataúd y tapar… cavar, encajar el ataúd y volver a tapar… y así varias veces todos los días. Así que es de agradecer que de vez en cuando algo rompa la monotonía. No es habitual, pero a veces pasa.

A veces el fiambre me lo entregan en una bolsa negra en lugar de en el ataúd. Como hoy. El trabajo es el mismo, pero con alguna peculiaridad: cavar, tirar la bolsa y tapar. Si la bolsa se mueve, como ha pasado, golpeo fuerte con la pala hasta que cese el movimiento y después sigo tapando.

Pero vamos, que esto no es lo habitual y estoy aburrido de este trabajo.

"Ascensor"

- 45 -

Siempre voy con prisa. Siempre dejo todo para el último momento y siempre llego tarde todas partes. Parezco el puto conejo de *Alicia en el país de las maravillas*. A menudo salgo de casa y llamo al ascensor pero tarda tanto y tengo tanta prisa, que finalmente bajo por la escalera. Llego a todas partes empapado en sudor y solo voy tranquilo al volver a casa. No conozco a la mitad de los vecinos pero tampoco tengo interés en conocerlos; ya tengo bastante con compartir con ellos el minúsculo espacio cerrado del ascensor, esa pequeña parcela de infierno, cuando hago uso de él. Y no tengo intención de volver a usarlo. Al menos no acompañado. No desde que vi la muerte como la veía antaño, mientras para ellos todo sigue igual, como si nada. ¡Necios!

<u>"Anónimos"</u>

Siempre nos ha pasado. Incluso antes de nacer yo. Y no sé el motivo, ya que ni somos famosos, ni ricos ni políticos. Tampoco creamos opinión ni tenemos ninguna clase de influencia sobre nada ni nadie.

El caso es que siempre hemos recibido notas anónimas. Muy variadas. Desde el "os vamos a matar" pasando por el "estáis muertos" hasta el socorrido "os estamos vigilando" y el famoso "cuidado con lo que hacéis".

Llevábamos tanto tiempo que nos habíamos acostumbrado y acabamos ignorándolos.

Hasta que hace poco recibimos una nota inusual: "Lamentamos el error". A partir de entonces cesaron los anónimos. Días después, toda la familia del 4ª A, nuestros vecinos de abajo, fue degollada.

Hoy, cuando hace ya dos años de la sangrienta tragedia, se nos ha helado la sangre al recibir otra nota anónima.

<u>"Juego"</u>

> (She, walking like a killer
>
> she, another night another pillow"
>
> "She" ("Coming up". Suede).

La habitación en penumbra. El aire cargado y dos respiraciones agitadas. En la mesilla una rosa negra, marca de la casa del macabro juego que viene practicando desde hace ya algunas semanas. Los movimientos más y más rápidos hasta que, en el momento cumbre, las manos reviven el placer impregnadas de sangre en las que ella lleva a cabo su siniestra venganza.

(J. Jung)

- 50 -

"LA ESCALERA" Y OTROS MICRORRELATOS

"**Monterroso vs. Kafka vs. ...**"

- 51 -

Cuando Gregorio Samsa se despertó en un lugar de la Mancha después de un sueño intranquilo, se encontró sobre su cama convertido en un monstruoso insecto, (pequeño, peludo, suave, tan blando por fuera, que se diría todo de algodón, que no lleva huesos). Macondo era entonces una aldea de veinte casas de barro y cañabrava y el dinosaurio todavía estaba allí.

<u>"La escalera"</u>

Me armé de valor. Ya estaba harto de posponer lo inevitable así que me decidí. Cogí un candelabro de la mesa del comedor y encendí todas sus velas. Dirigí mis pasos hacia la escalera. Subí los peldaños uno a uno, lentamente, oyéndolos crujir, y muerto de miedo. Al llegar al último escalón comprendí, demasiado tarde, que estaba solo.

"LA ESCALERA" Y OTROS MICRORRELATOS

www.ingramcontent.com/pod-product-compliance
Lightning Source LLC
LaVergne TN
LVHW010704200726
843507LV00011B/2003